# 記憶裡有一個小窗

何秀煌 著

東大圖書公司印行

# 序

這是東大圖書公司出版的侯淑姿攝影集《生命的倒影》的文字本——它的成書出版是意外而偶然的。

兩年來我陸續接觸到侯淑姿的一些攝影作品。我喜愛她不流凡俗的取材和不落潮流的用鏡，一心想要表達自己對世界，對自我和對生命的感懷——不是著意為攝影藝術的某一主義、某一流派或某一學說搖旗吶喊。我感於這種忠實於自己情懷的作品，因此鼓勵她收集成書，出版一輯《生命的倒影》。

由於欣賞這些作品表露的純樸和眞摯，於是我也跟著著手為每一幅影像寫下自己感懷的心跡。如果影像表達面對世界的感懷，那麼這些文字揭示了對於世界感懷的感懷。我也許沒有直接觸摸到世界，但是我希望因此生發了心境情懷的感應。

第一篇寫成的是〈記憶裡有一個小窗〉。它發表在《自立早報》副刊，接著轉載於《講義》雜誌。我喜愛這篇文字，因此將它的題目取來做爲這一文字本的集名。

沒有侯淑姿的影像作品，我當然不會動手寫這些文字，因此它們的完成起於偶然的遭遇；可是當我寫成之後，回顧那一絲一縷的心跡，內心裡却充滿一份意外的欣喜。

一九八九年六月十三日於臺北

# 目次

## 卷一：生命的倒影

## 卷二．我們也是快樂的生命 45

# 生命的倒影

# 生命的倒影

清靜的湖上，有多姿多彩的倒影：綺麗、神奇和不平凡。我獨自從湖邊走過，默默地觀賞它無邊的變幻。

湖影不愁鳥音的繞擦，它也不畏涼風的吹拂。鳴鳥增加湖光的深雋，涼風更輕柔地蕩漾出愈加綺麗，愈加神奇，愈加不平凡的倩影。

生命的湖上有多姿多彩的倒影：綺麗、神奇和不平凡。我們都從生命的湖邊走過，一起參與變化無窮的投影。

湖影最是情的姿采，它更反映愛的溫馨。

情是人生的倒影，它不愁平凡的時刻；愛是倒影

中的玄秘，它更不畏懼苦難的來臨。我們輕輕灑下纏綿的柔情，熱烈投入眞摯的愛心，將人生洗鍊出更加綺麗，更加神奇，更加不平凡的倩影。

湖上有多姿多彩的倒影，人生更有驚天感人的愛情。讓我們細細觀賞，靜靜回味，心存不忍，胸懷崇敬。最怕是那無知邪惡的頑石，打碎滿湖的姿采，破滅了生命的投影。

# 重門裏外的謎語

從遙遠的異國歸來，回到多年不見的鄉下，心湖不由得光影蕩漾，波濤起伏。歷歷在目的往事親切地緊貼記憶的心扉，令人觸景生情，回思依戀。

舊時的同學和友伴分散在天涯海角，很少回到故鄉這個默默無聞的地方。走在路上，幾乎全部都是陌生的身影，偶爾瞥見似曾相識的面孔，定神細想，原來是加上十年風霜的舊時前輩的形象。他們没有離家，依舊長年厮守着這片古老的生命的家園。

好不容易召集了七八同窗，回到母校聚會。在會上，驚見一位似未謀面的長髮女郎。細問之下，才知道是我們畢業之後，始自鄰鎮的女校轉來插班就讀的校友。雖然大家未曾同窗，可是在同學會的氣氛之下，彼此顯得不再陌生。我們自由地談起校裏和校外、故鄉和異地、畢業前的風雨同窗，以及畢業後的就業的苦樂。

原來女郎也是同鄉，只是高三之前一直就讀於鄰鎮的女校。今天在母校聚會之後，要帶大家一起去憑弔她家荒廢多年的祖屋。她說小時候在祖屋裏成長，充滿著許多有趣的故事。

我們離開在暑假裏安靜歇息的母校校園，走向一條當年我最熟悉的偏遠的路上。那是一條允滿着年輕時代的幻想和綺思的村路。

記得是初中二年級的時候，有一回和兩個習慣早到學校的同班同學，一時心血來潮繞道走這條到處是晨間的鳥語的迂迴偏路上學。這條路沿途是樹影，遍地是草香；有淺淺清澈的溪流，有微微起伏的山丘。我們走到半路看到一棟大屋，圍著高牆，座落在鳳凰木和相思樹交映的小林裏。路旁的牆上有道大門，深深鎖閉，關住牆內滿園的神秘。我們三個人打從牆外

經過，突然間，隔着牆從樹叢屋影之間傳來一陣清麗悅耳的少女的歌聲，婉柔悠揚，激情迴盪。那時正是我們在學校的音樂課學唱抒情歌曲的日子：「淡淡的三月天，杜鵑花開在山坡上」「故鄉，我生長的地方，本來是一個天堂」「滴不盡相思血淚拋紅豆」……；因此聽來特別熟悉、親切而有情。我們雖然沒有停下脚步，但是那陣輕柔的樂音却在我的記憶裏嬝嬝飄繞，久久難以消失遺忘。

自從那次之後，我每天都走那條路上學下課，不論天晴天雨，不管是爲了趕功課而迎接第一道晨曦的曙光，或是因爲班上公事，披星戴月，浸潤在黑夜中的蟲聲和水響裏回家。我喜愛那條路的清幽，也默默追尋着記憶中那一陣清麗的歌聲。可是那座古老的屋子總是一片沉默的寧靜，像是啞謎一樣地沒有答案。後來我的心思被同伴知道了，常以「牆裏秋千牆外道」相取笑。有一次，其中一個調皮的同伴還搜了我的書包，將一首回憶此事的詩擅自取去。聽說他還多事地將它投進圍牆深院之中。事後他更得意地告訴我們爲了怕辜負詩情，他特地從班上偷取在勞作課用彩紙做成的降落傘，保證情詩安全降落。

這事早已在年輕的心湖中淡去。後來那兩位同學也爲了日後的升學，跑到遠遠的大城升讀高中，只留下我在整個高中的年代，依然天天走在那條路上。所以那條路的一草一木，一瓦一石都顯得特別熟悉，特別親切。只是途中那一道大門永遠深鎖，庭院中的一切永遠像是一串猜不透的謎語。

今天忽然又走在這條路上，舊時的心情又隱隱約約地輕輕浮現。走着走着，我正淡淡地沉醉在遙遠的心懷之中，突然領路的女郎指着前面路邊那林裏的廢墟説，那就是她家的舊屋。啊?!乍然之間，十多年前的記憶忽然鮮明清澈地壓縮到心上。我訝然望著女郎的長髮，想起那曾經是遙遠的日子裏的神秘的夢中的氣質；默然之間，我又在她的聲音裏尋回舊日那些遺失了多少年的歌聲。

我們在廢墟裏忘返流連，沒有人猜得出我爲什麼突然這麼沉默無語。從前把守謎底的大門已經在無情的時光和風雨裏摧毀，可是打開來的却不是昔日遺落的夢境的原樣。在斷樑殘瓦之間，只見青葱翠綠的大自然重新擁抱着人工的一切。我不知當年我怎樣想像描寫，詩中的字句早已在生命的清風中飄散忘記；只覺得眼前的一切像是孕藏在心底慢慢蘊發滋長的情懷，一葉葉，像是一個一個的單字，一團團，像是一句一句的話語，彌漫牽繞在牆裏和牆外，不分現在的景觀或是當時的記憶……。

正出神，一位女郎的密友指着一棵樹，告訴大家一個小小的秘密：十幾年前的一個早晨，那棵樹上垂掛着一首詩。可是大家都不知道誰是那個詩人，他一直是個猜不透的謎語。

# 野草花的記念

上學的日子，我們有一小群同學每天不約而同地走在一條鄉間的道路上，幾年連續不斷。不知什麼時候開始，我們注意到有個老人趕著一輛牛車，經常和我們一塊兒出現在清晨或黃昏的路上。

拉車的牛佩戴著一串銅鈴，一路伴著牠輕穩搖擺的身體，發出清脆悦耳的聲音。老人跟著牛車的速度，和諧安穩地同步前進。不管牛車上載滿莊稼作物，或是當整車空空蕩蕩的時候，老人和牛車總是步伐一致，不慌不忙。我們有時迎面而過，有時同走在一個方向上。

有一次，在放學回家的路上，我們看見老人和牛車的背影，一窩蜂地追趕過去。有個頑皮的同學竟飛

脚騰空而起，躍坐到空車上。我們笑罵他心狠，七手八脚地拉著把他趕下車去。只見老人輕輕回頭，報以慈祥和藹的微笑。回家，我第一次把路上的遭遇寫進我的日記。從那次開始，我們和老人更加親近。我們常常跟隨著他，一路閒談言笑。他對我們親切呵護，好像是我們共同的家長。這樣日復一日。老人、牛和車成了我幼小生命的一部份，在緊張的學生生活裡，寫下輕鬆溫暖的一頁。我常常在牛車的鈴聲中醒來，有時甚至想著老人安祥的笑臉入睡。

後來迎接畢業和準備升學的一切把我們壓迫得透不過氣來。我們日夜埋首功課堆裡，加上早出晚歸，潛心苦讀，竟然有段長長的日子沒有見到老人和他的車，沒有聽到那既熟悉又溫暖的鈴聲。等到畢業鐘響，驪歌輕唱，勞燕分飛，各自一方。我離開故鄉，跑到遠遠的城市升學。可是每當夜深人靜，回憶家鄉村間的往事，內心裡不由得浮出老人的影子，好像在隱隱約約之間，遠遠傳來牛車那清脆悦耳的鈴聲。

暑假回鄉，心想追尋老人的蹤跡。我走去當年上學的路上，來回穿梭，不見他的影子。追問家人和舊日的同伴，也沒有人知道老人的去向。幾次我站在路邊樹影下盼望，凝想著舊日的情景，內心的懷念變成一片感傷，由一片傷感的情愫轉爲悠悠的悲懷，好像在生命中有些我想發掘但又不想知道的事，已經無法挽回地發生在我沒有留神注意的往日。它竟然沒有一點線索，也沒有絲毫的答案，一切就在輕輕的水響和淡淡的清風裡消失得無影無蹤。

有一天我一路無邊地冥想，沒有目的地向前走去。不知不覺間走近隔壁比鄰的村莊。我沿著一條不熟悉的小河尋走，一路上靜聽沒法開解的鳥語和水聲細唱。我在辛苦追尋之間疲乏，在茫然不知答案裡變得空白。正想闌珊回途，擡頭驚見舊日那輛牛車，突然呈現在我的面前！可是我呆住了。它已經不是記憶裡充滿生機的模樣。它已經殘舊斑駁，無聲無氣。它已經從生命的戰場上退役隱歸，靜靜地倒臥在牆邊一

個沒人驚擾的地方。我注視著它，滿眼浮出既溫暖又心酸的老人的影子。我不敢走得更近，也不敢繞過圍牆去打聽究竟。我呆在那兒，一直發呆地對著它回憶。

野草花圍抱著舊時的回憶。它們比我更有知，首先尋找到老人從前的住處。它們比我更多情，一株一株地到處揷遍滿地那孅細溫馨的紀念。

# 時間在此刻停住

每一個人都喜歡做夢，每一個人有他喜歡的夢。小時候常聽大人講故事，故事裡有很多美麗的夢；長大了自己編織集串，自己譜寫更多綺麗的夢。

在種種的夢中，我最愛追逐那神祕莫測的愛情：輕柔、溫暖而甜美。它不知從哪裡飄來，也不知往哪裡吹去。醒來不知要向何處求覓，夢裡的美麗也不知要朝人間哪個方向去追尋。

村裡有一棵從遠古的年代一直屹立不搖的老樹。它不輕易在人的面前拋投落葉。每當晨早村人看到地面有稀疏的葉，都傳說那是夜裡有人在它面前誠心祈願所獲得的靈驗的答覆。所以我們都叫它祈夢的樹。

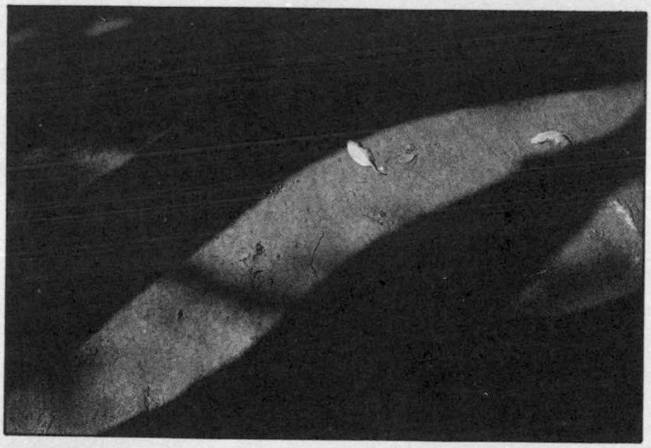

我在這棵祈夢的樹前走過無數次。每次仰望它高高在天的枝葉，心裡總是蒙上一層莫名的神祕。可是我未曾想要在它面前祈願。我喜歡自己回憶小時候大人講的故事，我喜歡那些長大後自己編織的夢。

後來我在自己編織的夢中跌倒，心靈受了淒苦的創傷。有一天，就在感情長日的陰雨過後，生命的地面那舊日的足跡尚在隱隱作痛之際，在暗晦的心情的烏雲密佈著人生的天空的時候，我走到祈夢樹的脚下。第一次這麼無力地望著它的枝葉，第一次含淚地想要擁抱著它哭訴。我要向它發問：愛的夢想去哪裡尋求？什麼是愛情眞正的面目？

我在悠悠的靜思冥想中躺靠著古樹的巨幹出神入睡了。我做夢，做回自己喜愛的夢。那愛情的夢輕輕地飄來，溫柔地在我的懷裡留住。我露出了久已乾涸的微笑，在笑意裡輕輕張眼。這時熱情的夕陽撥開濃密的烏雲，向這世界做最後一瞥的回顧。大樹爲我打開夜來之前的一個小窗，一片落葉安祥地飄落在我眼前。我凝視著它，突然間只覺得夢想就要在生命中應驗。時間在此刻停住，優美變成永恆。

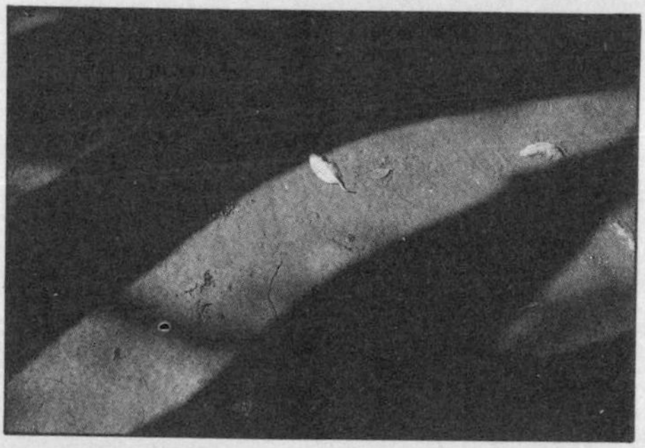

# 又是主人的下午

平常我總是伴著主人早出晚歸。天還沒有亮，他推著我那雖然休息過一夜，但仍然不甚靈活的身子，蹣跚地走出屋來。大地剛剛換過新鮮的空氣，樹枝和山影依然模糊不清。可是晨鳥已經在暗黑裡嬉戲追逐，有的站在看不見的高枝上輕聲早唱。我們精神爲之一振，心情因此大開。上了路，憑著星光和水影，奔跑在曲折迂迴的田野間，馳騁在起伏高低的小路上。等到太陽初起，景象頓開，我們已經氣喘流汗。這時吱喳的衆鳥爲我們加油，徐徐的清風替我們搖扇。我發出軋軋輕喘，主人和以響亮的口哨。我們一塊辛苦，一起作樂地飛奔到他工作幹活的地方。

我雖跑得勞累，可是主人比我更加辛苦。當我停下來休息的時候，他卻要開始一天的工作。等我從午覺的淺夢中闌珊醒來，遠望藍天裡的白雲變幻出神，傾聽清溪中的水聲深吟淺唱；不知不覺間，我的影子改變了方位和形象，歸鳥也朝著反面方向飛返山林。主人一身疲倦地走過來，沒有了清晨的口哨。我們踏著斜陽晚霞的餘暉回家，歸程比來路更加遙遠。等到我們跨進家門，已經夜初日暮，燈火黃昏。辛勞傳遍全身的軀體，可是主人仍然對我親切溫柔。他爲我擦拭抹亮，清除一路沾染歸來的塵埃。我們將勞苦交付天地，把溫暖留在心頭。

主人經常這樣辛苦地度過一天。門壞了，還未更換；牆破了，也沒有修補。可是像今天是他的假日。我們放棄一天的工作。一早攜帶著他的情人去登山，去郊遊。他們一路嬉戲談笑，驚動棲鳥；他們將親蜜流露在山林原野間，遺忘了身邊有松鼠的眼睛，天上白雲在窺視，眼前更有清溪留下的鮮明的影子的見證。

下午，太陽還熱熱高高地掛在天上，主人就急著要回家。他來不及把我推進屋裡，鎖起門，關上了窗。我依偎在牆邊回憶今天看見的綺麗和甜美，聽見房裡主人和情侶熱情親愛的呼吸。

# 平凡街頭的舞台

在舊居的日子，差不多每天清晨我都在同一個地點等車。由於班次稀疏，我常常呆站在那兒，一邊等候，一邊望著對面的街頭暇思。有一天，我突然發現對街是一座人生的舞臺，時時刻刻上演着節拍明快，主題突出的戲。瞬息流變，動中有序，外表看似紛繁，其實內裏充滿着規律。如果細細尋索，靜靜回味，街邊一粟，宇宙乾坤；時光片刻，百態人生。

每天幾乎就在我走到車站那時刻，對街有個老人推着他的早點攤車，緩緩地從西邊過來，停在一棵大樹下。他佈置好簡單的桌椅，有時在樹幹之間拉起粗陋的遮蓬，開始半天的忙碌。第一個顧客永遠是一對中年的男女。他們剛從晨運步行歸來，恰好走到攤口，好像老人的準時就是爲了要迎接他們兩個似的。可是

他們並没有雙雙坐下來吃早點，那女的站在男的背後等着，好像怕多佔老人一個坐位似的。果然，不一會一群學生就圍了上來。他們全是男的。一下子座無虛席，還有人站着吃。等那男人吃完，老人遞給他們一袋東西，顯然是包紮好的早點，女的一路提着帶回家。

當這一對男女離開老人朝西面繼續前進之後，攤上不再是戲劇的焦點了。那兒只剩下顧客的轉移和吃相的變異。但是，就在那對晨運的男女剛要從舞臺西邊的出口淡出之前，東邊入口處有對人生不可或缺的要角出現了。有個男人，没有説話，也不左顧右盼，只是挺着胸膛快步前進。在他身旁跟着一個若不努力追趕就會被他拋下的女人，一路提高嗓子，拍命爭取發言，假如不是爲了説服男的，就是要令他印象更加深刻。只可惜男的每天聽到的，好像都是同樣的東西。事實上，內容絕對不會相同，最多只是聲調相似，形式一樣，但是給人多麼如一單調的感覺，好似每一天都同一個模，同一個樣。男的一定重複地聽多了，因此不論走路的速度或全身上下的姿態絕對不受聲浪的高低起伏而絲毫有所改變，倒是攤上的衆人儘管也是天天聽慣，有的再次好奇地擡頭，重新打量這個女子的一切。他們像晨早習慣性地扭開收音機，聽取已經熟悉的節目似的，內心或許仍然默默期待，希望形式雖然劃一，但是內容也許兩樣。不同的是一直遙遙跟在這對男女後面的兩三學生——看來最多只是國中的孩子——一面投入在自己的言笑談論裏，一面模仿眼前女人的手勢與姿態，比手劃脚，加強放大，荒誕唐突，戲劇效果。他們是人生的倒影，他們是戲中的戲。

隨着女聲逐漸飄淡，這幕戲的上半截也就結束了。接着舞臺上的角色多了起來，街邊熱鬧了。觀衆必須加強注意，眼睛靈敏，才不致遺落了紛雜之中的線索。比如，有一個衣著普通的年輕男人，突然從攤上躍身拔脚而起，他跟着行人快速前進，不時揮舞手上的外衣，好幾次都有一些小紙條或什麼的，跟着他跌落下來，不知究竟是他疏忽之舉，或是他隨地亂拋紙屑？不過有一次很明顯地，他一揮動夾克，一包香煙跟着拋灑滿地。另外，有個女子每天衣着入時、鮮

明而多樣，髮型特別，挽着一個又圓又大的手袋，在晨早一片淺淡的色彩中顯得鮮艷奪目。她穿着高跟鞋，走起路來婀娜多姿，吸引許多晨間明亮的眼神。她是這臺戲下半截的高潮，代替了剛才那個多言好語的女子。這時街上其他的人都隱沒在她的配景裏。在這背景中，有的人氣急地在趕路，有的只顧分期回盼這個風姿多采的女子。有的人一大早就沉沉暮暮，無精打采；另外有的人不管天晴天雨也不影響他們輕鬆歡樂的模樣⋯⋯。

戲臺好似跟着地球自轉。人物像是行星、月兒和太陽，自東而出，向西走去。只有最早出場的老人和這時才姍姍來遲的兩個老者，反着方向運行。一個是滿身汚穢步伐蹣跚的拾荒者，另一個是工作認眞勤勞掃街的老婦。他們是兩顆軌道奇異徘徊在街頭的天上的人造衛星，仔細地俯視着地上的一切。但是他們各有各的愛好和焦點。

望着這一切，我的思緒不禁由具體而抽象，由現實而神想。我明白人間爲什麼有人提着早點回家，爲什麼需要沉默不爭的角色；也明白爲什麼大清早的攤子上沒有女學生圍坐，她們爲什麼比男學生遲遲才在舞臺上出現……。

想着，想着，差不多就在我望着人生的舞臺出神，轉而心遊想像的太虛情景之際，我的太空船由東前來靠站了。我跟着幾個旅客上去，爭着從窗口向人間的舞臺回望。這時，在轉眼就要遠去的臺景之中，那三個顏色沉濁的老人——做生意的、拾荒的和掃街的——反而成了突出顯明的主角，街上其他逐漸熱鬧的一切，只是陪襯在舞臺上的花花綠綠。

這些是幾年前的往事了。每天都是同樣的角色，他們有着同樣的姿勢和動作，製造出同樣的視覺和聲響的效果。我不需要什麼「歸納法」，生命的規律和人生的情態一一眞實地呈現在眼前。偶爾我的車早到，未見要角出現，這時只要引頸遠眺，向前觀察，不錯，他們正從後台深處慢慢淡入。一切都在默默裏應驗，出神入化，無險無礙。

後來我搬家了，一直沒有回到這條街上。今天要到附近辦事，心血來潮特地在大清早跑到我往年等車的地方。望着對街，路邊美化了，一排好看的街樹長高了，顏色蒼翠，枝葉繁茂。可是我記憶中那人生舞臺的景象呢？我渴望着，等待着的那些角色呢？那兩對男女、那個年輕人、那個女郎、那些學生、那三個老人，全都到哪裏去了？爲什麼眼前盡是陌生難認的人影？

啊，我自己以爲多知，其實只看到人生的幾幕片斷。這些青青的樹，默默地日日夜夜守護在那兒，它們才眞正看到生命的全景，洞悉萬有一切的變化。

# 記憶裏有一個小窗

記憶裏有一個小窗，在故鄉那間古老的舊屋。

很小很小的時候，我就喜歡墊着椅子，憑窗眺望外面那廣濶的世界——從遠處的大樹到窗前的小草。

有時有陌生人走過，令我生奇；也有一隻溫柔可愛的小貓，常常對我咪叫；但是還有那看來兇惡的野狗，嚇得我縮在窗後發抖。

有一天我終於大膽地走出窗外，坐在石頭上，光脚撫弄身邊的小草，出神遙望高深的天空。回家時順手摘下幾株小野花，放在枕頭旁邊的床上。

在一個有月光的夜晚，奇異的夢把我從睡眠中搖醒，我突然記起摘下的小花遺忘在石頭上。我不敢驚動大人，躡手躡脚地走下床，幾乎不敢呼吸地輕輕打開一小縫門，怕放進太多的月光。我繞了一個彎，走

到放着小花的石頭那兒。我正俯身撿起那些花，擡頭瞥見一團恐怖的黑影，從黑影中射出兩道兇惡的目光。我驚嚇得拔脚哭跑，哭抖着縮身在睡夢中的母親的身旁。我病倒，連作可怕的惡夢。

那惡夢纏繞着我，直到我們搬出那間古屋，直到我依依不捨地離開那小窗。

生命裏有一個小窗，在那逝去的歲月之中。記得那是充滿着初春的幻想和年輕的希望的時刻。我愛憑窗遠眺多情的天地，欣賞浮現在窗外的無邊無際的人生的幻影。

有一天我終於走出人生的小窗，沉迷在一波一波的心情的大海，陶醉在一陣一陣的感覺的漪漣。可是我失足跌倒，我傷心流淚……，直到我辛苦地走出舊日那人生的迷亂，離開那生命的小窗。

我已經很久很久沒有回到故鄉的舊屋。遙想在那黑苔斑駁的牆外，在那半開半閉的小窗下，昔日那些親愛的小花是否依然在石頭旁邊迎風開放。它們還記得我嗎？

多少年了，在那甜蜜如斯的小窗裏，可曾有過新來的主人，她是不是也有我一樣的幻想和遭遇？

自己那不幸的青春遭遇已經走遠了。可是有一天當我偶然從舊日的時光走過，回顧那生命的小窗，我會不會看見正有一個新的主人在那兒憑窗遠眺？她的命運又會是怎樣的呢？

# 門雖設日夜爲君開

那天我在門前注視著遠處的白雲，你輕輕地從我的眼前經過。我來不及思索，兩眼默默地跟著你。我靜靜地望著你遠去，直到再也看不到你。我開始想著你。我想認識你，我想知道你。

此後一有空我就在門前眺望白雲，想著你。我望穿門前的路，可是看不到你。我注視天上，白雲成了你。夜晚仰望星空，星星變做你。我不再只是想著你，不再只是想要認識你，不再只是想要知道你。我將我的門打開，日夜不關起，時時刻刻爲了迎接你。

突然有一天你又在我的門前經過，我在窗口瞥見你。可是你那麼天眞無邪，我不敢驚動你；你那麼純

潔不染，我不要破壞你。我繼續望著你的背影遠去，繼續遙對天上的白雲，繼續仰望夜空裡那星星的你。

你每天都從我的心上走過，我默默地輕聲呼喚你。可是每當你從我的門前經過，難道你未曾生發好奇？你爲什麼不探頭望一望，你眞的沒有在心裡覺得奇異——那道門爲什麼從來未曾關起？

現在我要收拾行李離家遠去，但我永遠開著門歡迎你。也許有一天雜草在門前高高長起，清風把門吹得半開半閉。但是你知道在屋裡那蒙塵的桌上，我有一首詩寫來獻給你。

## 『菡萏香銷翠葉殘』（用借李中主〈浣溪沙〉）

我做了一個深冬的夢。在夢裡幽靈的綠葉對著淚眼的荷花說：你跟著夏神的華車走吧，讓我自己留下……。

當我醒來的時候，春夏老早快樂地離去，秋天學會了成熟的穩重，不再嘆息；就連冬日也無可奈何地滿足於本來不屬於自己的陽光，凝視殘缺不全的池塘，不再回憶昨天——

「西風愁起綠波間」

時光的流轉還有什麼意義，剩下的只是：

「還與容光共憔悴」
不要教天上再放晴，不必教池水再澄清；我已無需再臨鏡，
「不堪看」
荷花的靈魂從天上回顧人間的池塘：啊，詩人多有幸，至少可以寄懷傷別——
「細雨夢回雞塞遠，
小樓吹徹玉笙寒」
可是我要用什麼語言去向上天傾訴：
「多少淚珠何限恨，
倚闌干」

# 白雲又襯出了我的思念（遙寄）

望著高高的山頭，凝視白雲襯出的樹影，我的思潮又飄回遙遠的昨天。

我們的故事是從班上第一次郊遊開始，同學們一起到你家鄉的海邊。你指著山巔上的一大片樹林，告訴我們那就是你的家。我們都很羨慕你，羨慕你住在白雲藍天的高地，生長在青山碧海之間。後來聽同學說你是小山村裡歷來唯一入讀大學的，暗地裡不禁對你肅然起敬。

從那次開始，我常在教授和同學那兒聽到你。快寒假時，有一次向教授討教一些困惑我的學問難題，他回答之後還推薦我有空找你，因此我大膽地約了你。

相約那天不知是天公有意作弄，或是上帝要成人之美，忽然下起很大的雨。我没法通知你改期，只得依約在女生宿舍門口見你。你稍稍遲到，我除了笑你「橡皮手表」外，竟忘了問你是否改期，一下子鑽進你的雨傘下，跟著你走向滿天飛雨的校園。

那是一個寒假裡的星期天，圖書館和教室全都關閉。我們本來約在校園走著談論——那是當年我們同學喜愛的沉思方式——可是這次卻變成在春寒裡觀花聽雨。我們憐惜杜鵑花的淒苦，可是自己卻也遭遇同樣的命運。後來雨越下越大，我們只好走到一處日後被我們美其名爲「羅馬廢墟」的破落樓房的角落躲雨。滿天飄飛的春雨把我們逼到一個小小的角落，和同在一把傘下一樣接近。那時你自己淋了滿身的雨，可是卻遞給我手帕，讓我擦去外衣上的水滴。

我們在風聲雨影裡談了好多文學史上的問題。那時城裡一座新落成的戲院正在上演雨果的「悲慘世界」，我們談到法國文學，你很自然地邀我一起去看戲，我也很高興地一口答應你。説實話，那時聽你滔

滔不絕地縱談文學藝術的上下古今，内心裡好佩服你。

我們聚在一起談了兩三次，寒假就過去了。每次我們都在校園裡談學問和將來的抱負。我很羨慕你有清楚明白的人生目標，一心想要獻身教育，而我自己只知道畢業之後還想要到外國去升學。

開學之後你約我在夜裡的校園散步。不知怎的，我心裡有點害怕，其實天曉得我很喜歡你。頭一次，我和你在朦朧燈影的校園裡走了一大圈，就告訴你要回去溫習功課，沒有再陪伴你。後來你再約我，我也因爲害怕太早掉落在愛情之中，因此總是停留在淡淡的心靈交會裡。你隱約含蓄地表示喜歡我，我只輕輕告訴你我想努力讀書，想將來去留學。我暗示，希望你也一起去，只是沒有告訴你我很喜歡很喜歡你。

有一個傍晚，我約好去向教授借書。剛好高班那位常想找我的同學又出現。於是我和他一起走去教授家裡。沒想到一進門你也在那裡。我知道那一次你一定會誤解，那時你一定既傷心又失望，以爲我和他公然約會，帶他到教授家裡。事實上我一直明明白白地拒絕他，只是他總那樣鍥而不捨，於是班上有人傳說我和他的事。我想大部份是他自己自由創作廣做宣揚的結果。

我眞希望讓你明白那天的眞相，但卻不知從何說起。也許因爲內心裡有些歉疚，更重要的是和你在一起有份安全感，我答應暑假返家之前一起重遊你家鄉那片我們郊遊過的海濱。那天是我一生之中少有的快樂時光。跟一個自己喜歡並且崇拜的人在一起，每一分鐘都好像是生命的成長。在年輕的日子，那是我第一個追求的目標。記得那天我竟忘懷一切，在你面前盡情歌唱。也記得那天當我們從海邊回望山頭，潔白似雪的雲花洶湧高聳，襯托出山巔上一棵棵清晰的樹影的時候，你告訴我小時候坐在那些樹下做夢的故事。你也告訴我夢想有一天在那雲端樹影的深處開辦學校。你還說當你向學生講課時，要留一個座位，邀請我。

沒想到那個暑假竟然變成我們生命的轉捩點。我

要回到遠方的家，你不辭勞苦特地返回校園幫我包書寄物。可是在車站揮別時，你又見到那個高年級的同學與我在一起。事實上我並沒有告訴他行程，也沒有同意他一起回鄉。他不知哪裡聽來的，而且我也無權阻止。可是我知道你的感覺。

回到家給你一張明信片致謝。沒想到你也只是立刻回了一張簡單的明信片。也許你對我很失望，可是我自己卻覺得並沒有做錯什麼事。長長的暑假，我盼望著你給我寫信，但自己卻不願意開口或者先提筆。兩個月在不開心的思潮和情緒裡度過。

開學第一天的傍晚，我要上圖書館，你在途中的草地上出現。你希望我們一起談談，沒想到我竟突口而出地說我們去年已經談得很多了。我只是心煩賭氣，可是你卻回我說：「好吧，再見。」那晚我無心看書，非常痛苦。第二天接到你那封又深情又堅決的信，一字一句向我祝福道別。從此我們就沒有再在一塊兒談論過。至今二十多年後，我還記得當時你說再見的聲音，我也可以背得出你給我的最後一封信。

没有你一起談論學問的日子過得好不實在，内心裡好空虛。但是年輕的驕傲和矜持令人頑強不屈。我咬緊牙關，壓制情感上的煩惱，勉強集中精神讀書。我不相信自己在戀愛，但不希望失去你的友誼。幾次眞想藉故找你談話，但是你一下課馬上就離去，不像以往慢慢走在校園裡沉思。起先我也有點懊惱，對你生氣，可是當想起也許那是你懲罰我的方式，也就不加計較，默默接受。没想到我們竟然在無謂的自尊和無名的傲慢裡度過一年多，一直到畢業，一直到我出國留學。

我聽説你不出國留學，本想寫信勸你。因爲你是我們班上最有資格繼續深造的人。可是不久接著又聽説你已回到山村的鄉下教書，内心裡又是欽佩，又是惋惜；不知怎的，又有一份淡淡的愁悵。

留學的日子令我的生命產生很大的變化。第三年，夢想中的學業尚未完成，我竟結婚了，完全不是當年的我所能想像的。更令人驚異的是，我居然嫁給

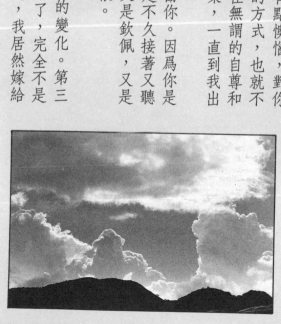

當年那位高班的同學。但是請相信我，我和他在一起絶對不是大學時代的感情的延續。

這是十幾二十年前的事。我的婚姻一開始就出現難題。好像女子在婚前被人讚賞的品質常常在婚後變成快樂的障礙，也好像有些男人需要於女人的性格優點只是拿來對外展覽，他自己並不加以尊重。有時我甚至暗地裡在猜想，他是不是眞的愛我，或者只是把我當成他人生裡頭的一件「戰利品」——所以多年來我幾次提議分手，但都未被接受，也沒受重視。這些年來我雖然努力調整自己，説服自己，試圖多方改變自己去適應，但最終還是失敗。在完全絶望之餘，也不理會自己大部份的青春已經無謂投注，毅然決定帶著兩個正要成年的兒女，離他而去。眞沒想到接著卻爲兒女的教育和撫養費用，落到法庭相見，對簿公堂。想想當年追求的熱烈，似乎草木也要爲之心動，萬事莫非全是爲了一份情；而今爲了避免負擔，卻無所不用其極，一切變成無關一個愛字。人啊！我已萬念俱灰，不再多顧，只望他午夜夢迴，良心閃現，孤單時刻，默默自省。即使愛情盲目，人生皆錯，也念往日曾經親密爲夫妻。不要太過絶情，不要太過狠心。

爲了排遣一份無可奈何的悲懷，我在安排了兒女入讀大學之後，短期返國探望娘家。在年老母親的慫恿之下，和親人一起駕車環島遊覽二十年不見的景色風光。這一天抵達你的家鄉，我要求在以前我們去過的海邊停下。我走向海浪，重拾當年的記憶，回望山頭，白雲皚皚，洶湧變幻，一份古舊的心情又重新湧上創傷的懷抱。我凝神注目，在雲端深處——在那些大樹之下，你一定帶領著學生走向人生的智慧，不像我二十年來徘徊在情的紛亂之中。這個世界，千千萬萬的人對情的追求之熱烈，幾乎大同小異，可是大家用情的細膩和待人的眞誠，卻有天壤之別。我枉費了二十多年體會到這小小的眞理，可是我已無緣在那雲端樹影深處，坐在你的教室裡。

# 古樹的見證

母校舊樓的庭院有棵古老的樹，從入學那天開始我就愛上了它。

記得那是個盛夏剛過秋天仍遠的日子，我獨自帶著初入大學的喜悅，悠閒、好奇而又興奮地走在校園的每一個角落。當我探幽似地漫步走進文學院那一片寧靜的後院時，在一排莊嚴肅穆的教室樓房的窗前，發現一棵巍然聳立的古老大樹。那日天高氣爽，陽光艷媚，無數的樹葉黛綠成蔭，光影穿隙，微風吹搖，掩映成趣。我頓時爲那滿樹的葉子所吸引，佇脚觀望，目不轉睛。靜靜悄悄的庭院，高高大大的古樹，輕輕細細的涼風，飄飄盪盪的枝葉，閃閃爍爍的光影。突然間，眼前的一切呈現出一種新鮮的色彩，正好像第一次走進這所嚮往已久的學府的人，多麼令他人羨慕，也多麼令自己雀躍。生命從此多不同，像是常見的樹葉忽然在重要的時刻顯現出它們平時隱藏不顯的光彩一樣。我望著光亮的葉子出神，不由得開始在心中暗暗數起它們的數目。我數著，數著，第一次發現一棵樹竟然長出這麼多的葉。啊，好多，好多。數不盡的綠油油，計不清的亮晶晶。我想起自己的生命不也像是一棵正在成長壯大的樹。可是我能夠發出多少希望的芽，長出幾片夢想的葉呢？啊，但願那滿樹的綠葉正是我一片一片人生的夢想，一片一片生命的希望。

於是我決定要常常回到這棵大樹。我要在它面前許願，請它充當我人生的見證。我要在它的注視下努力讀書，成長壯大。那天回家前我對著一片閃閃發光的葉子，默默地許下了一個小小的願望。

從此，我經常走回那庭院，看望我這棵許願的樹。就是在平日上課之餘，我也常常從樓上走廊的窗口往外探望，對著它的枝葉出神夢想。沒有人知道那是我寄夢的樹，它是我立志抒懷的祕密。

過了不久，我第一次許下的那個小小的願望實現了。我高興地走到我的樹下，俯身撿起一片落葉，拿回去在它身上寫下當初許下的願望，夾到書卷裡，存在我的記憶中。

這樣一天又一天，一個學期接著一個學期，不論是天晴或是天雨，不論遇到我心情開朗或是正逢我情緒低落，我都走經這棵知心的樹，在它面前許下心中的願望，在它脚下收穫完成的夢想。它見證我心智的成長，它見證我情感的掙扎；它見證我生命的快樂，它見證我情懷的痛苦。這樣四年大學甘苦的日子過後，當我畢業要整理行裝準備離校遠去的時候，我從各類新舊的書冊裡抖落出一大筐記著心影的葉子。它們代表我迂迴宛轉的心路歷程，也代表古樹對我努力成長的親切回應。當我離開文學院，離開母校，離開孕育我心靈成長的地方，我滿載無數片從大地那兒，從陽光那兒，從清風那兒，從枝椏那兒得來的豐滿的餽贈。

而今離開母校二十多年了，每次望著那些刻劃心跡的葉子，就想起不斷在歲月裡蒼老的古樹。它好嗎？它是不是依然無恙地日日夜夜守在那裡充當青年學子成全長進的見證呢？

今天我心情激盪地跑回母校的校園，一路上沒有左顧右盼地直走到文學院來。四周的建築有了陌生的改變，但我仍然尋出一條路，走進那熟悉親切的庭院。啊，我那棵知心的古樹，它那麼蒼老而自豪地矗立在那裡，全身落盡了葉。我激動地走向它，望著脚下滿地的落葉，心神迴盪，思緒飛揚，激情難耐，熱淚盈眶。今日的庭院就是當年祈願的夢鄉，眼前的葉影交疊著往日追求的希望。它們那麼親切，但又那麼遙遠；它們那麼具體實在，但又那麼空靈抽象。我在樹下沉思默想，徘徊流連，可是卻不忍心像往日一樣俯身撿拾脚下的葉子。它們也許是正在等待晚來的學子前來收穫的願望，它們也可能是古樹要大地收回的一些人類尚未完成的夢想，要等明年春日重新在枝頭上開放，讓有心有志有情有識的學子前來虔誠祈願。

# 我們也是
# 快樂的生命

# 我們也是快樂的生命

我們生在粗俗的土地上，
沒有人摘取供養在花瓶。
可是陽光並不輕視我們，
雨露對我們也不偏心。
在白雲青空之下，
在徐徐的清風裏，
我們也是歡樂的生命。

# 岩石·水影

我凝神注視，
不知它到底是不是一座反置的山峰。
我倒過頭回望，
更迷失了應有的答案。
如果不是聰明的勁草秉性存眞，
我怎知道誰是眞正的岩石，
誰只是水中的倒影？

## 纏籐・岩石

輕輕地纏繞，
鬆鬆地依附，
不想你失去自由，
只願你在靜止的時候感受一份溫情。

## 春暖・蕨

大地一響起春天的號角，
我們就一起踴躍鑽出頭來。
世界的擁擠沒有關係，
只要我們吸收太陽的溫暖，
只要我們領略生命的甜蜜。

# 春之舞

春天是陽光的世界，
春天是和風的世界。
春天是纖嫩的青苗的世界，
春天是愛的世界。

# 舉手・向天上

我們雖然不知怎麼作聲，
但卻懷有一穗一穗細細的情思。
當月兒在海邊升起，
我們彎着身子向她傾訴。
當太陽高懸蒼穹，
我們舉起手掌，
遙指向天上。

# 刺葉的印象

你總是對我們懷着一份牢固的印象，
因爲你只看到我們身上長着尖尖的葉針；
你只記得那些看來銳利的邊牙，
除此之外，
你還看到些什麼呢？

## 蕨葉・知己

你是我的知己，
才知道這樣出神地注視我；
我也不在你的面前含羞帶怯，
一片一片沒有保留地展示給你。

# 白鴨的話

請勿侵擾我，
我悠遊在自己的天地；
也不要貪求我的羽毛，
它有一天會變色無光。

# 交付綠葉

開鑿岩石的祖先辛苦地築起輝煌的廟堂，
無情的風雨將它夷爲廢墟的平地。
時間是歷史最後的裁判，
它將土壤還給青草，
把大地交付綠葉。

## 異國的情調

原本屬於大海的，
而今何事在陸地憑空堆起？
莫怪小草一派不解，
滿心好奇。
它們也要伸出長長的頸子，
探聽一下富有異國情調的信息。

# 失落的童心

海浪出示證據對人類說：
她曾經痴情地陪伴着你的幼年，
而今你已經在無意間遺落了你的童心。

## 守門的爬籐

主人不放心地離家遠去，
在門上加了木條封固。
牆草解人地擋據著門檻，
天風知情地打造一塊無字的門符。
最是那多情的青籐，
不待委託，
默默留意。
它們不但盡職地攀纏在門上，
而且更爲主人細心留下去年守護的印記。

# 三個圈圈

你是不是以爲一株樹幹之下只應該有兩個圓圓，
我想知道爲什麼不可以有三個圈圈？
世上有各式各樣的美好，
爲什麼只能有你心目中的答案！

# 葉子・影

細細地，輕輕地，
滿地都是——無法用籃子裝起，
只能用影子網住。

## 空椅・影

專誠的空椅痴痴地等待故事的開始，
可是淺浮的光影卻遍地輕灑短暫的熱情。

# 光影的旋轉

當遊人已經離去，
大自然有它自己的戲曲；
光影在樹間旋轉，
落葉飄下來和泥土親密。

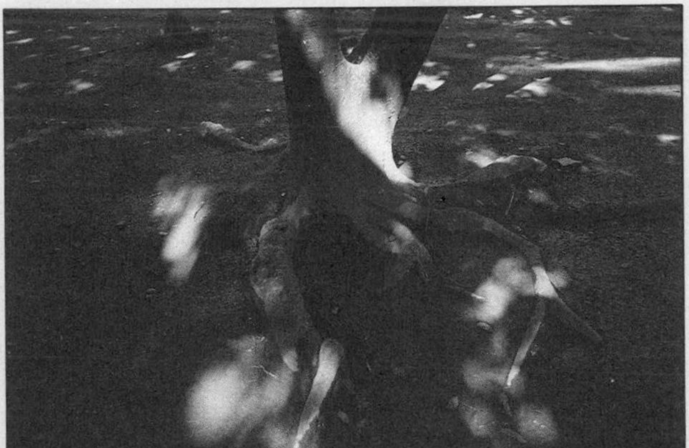

# 屋頂・貓

你們在屋簷之下擁有一個熱鬧的世界，
我只希望在這平凡的地方，
找到一份不受侵擾的安寧。

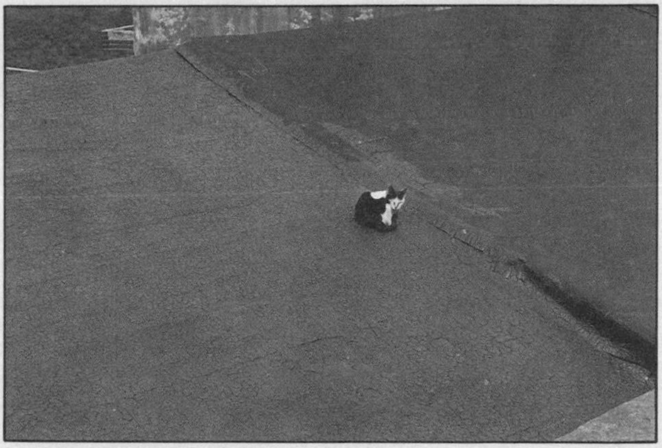

# 潮水・樹

不要埋怨冷水浸濕了雙脚，
當萬物之靈還未察覺月有陰晴圓缺之前，
我們已經知道天有潮汐變幻，
地有滄海桑田。

# 人生・空白的戲

舞臺上的戲劇已經演過，
我才趕來坐上冷清的座椅。
青春倘若虛度，
人生只剩下一齣空白的戲。

## 眞・象

你問我到底像什麼，
爲什麼不問我究竟是什麼？
我想知道，
是什麼是否爲了像什麼，
還是像什麼力求變成是什麼？

# 異鄉人

我本來屬於原野的大地，
晚來應有清風的輓歌和芳草的露珠陪我埋葬。
而今我爲什麼流落在冰冷無情的街角，
原來人類已經將我故鄉的生態改變。

## 門與窗・荒廢

門設給雙脚踏入又跨出，
窗開給眼睛外眺和內視。
而今住客不再歸來，
人類的居所成了大自然的破屋。
清風代替主人的脚步，
野草探頭權充靈魂的窗户。

## 草本的簾幔

當你年少時，
我們躲得低低的，
讓你憑窗遠眺天空和海洋。
而今你娶來了新娘子，
要建造自己的天堂。
我們長得高高的，
充當你們的簾幔，
守護你們的私語。

# 光影的畫

你要揮動畫筆，
我只需使用光源。
岩石蕨草都是畫布，
風吹心靜，
神采飛揚。

# 岩石・獨鍾

誰說岩石不愛芳草？
它不就是我們的寵兒。
狂風怒濤我們爲它擋住，
清水陽光我們讓它獨享。

## 落幕之前

我已經走完今生的路，
正要回歸大自然的未知與蒼茫。
在時光靜靜地拉下天人永隔的簾幕之前，
我將靈魂交給詩人的想像，
把軀體獻給藝術家的眼神。

# 未亡人

春夏那麼多快樂的友伴全都魂歸西去，
爲什麼獨留我孤單地見證他們的死亡？
多情的陽光無需再來照射我蒼白的面孔，
一切已經不再代表今生的希望。

# 最後一瞥

侶伴早在深黑的生命盡頭等待，
我的心靈也早已完全沉落在他身上。
只因不知今夏我們養育的種子
會否安全在明年的池塘
發芽滋長，
我才又向這個世界做最後一次的回望。

## 輪迴

快樂的夏日我忘了問你相不相信生命的輪迴。
現在我才忽然想到這個不可得知的奧秘。
你説我會羽化成爲翩翩輕舞的蝴蝶，
我夢見你揷翼變做翺翔高飛的蜻蜓。
不管怎樣，
你帶著我離開這個人間的池塘，
飛向神仙境内的花叢之間去。

## 長大的負擔

年幼時深藏欄架之下，
只顧和同伴牽著籐索在清風中搖盪作樂。
有一天，
婆娑的瓜葉突然遮掩不了我們豐滿的軀體，
成長變成受人注意的羞怯。
最意外的是主人選中了我，
留我在架上成熟壯大，
終於被採摘入宮，
代表我的同類獨受寵幸，
爲了它們端莊形象。

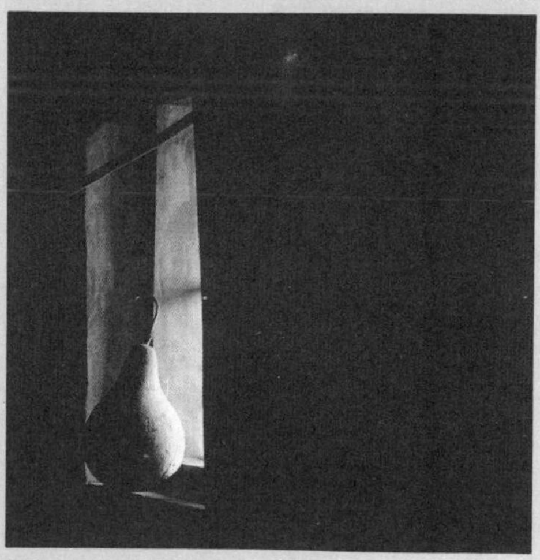

# 主人之命

我們未曾在棚架上認識，
而今卻在屋簷下成對成雙。
如果不是媒妁之言，
主人之命，
我們的遭遇又會變成怎樣？

# 體貼

近靠一點，
不要害臊，
讓我仔細看看你的一切。
我們沒有將年輕的感覺浪費在自由的戀愛，
現在才有一份成熟的情懷用來溫存體貼，
互相瞭解。

# 具體・抽象

具體是今日的形式，
抽象卻是古老的傳統，
且看你向著時間的遙遠無限伸長的想像，
猜一猜億萬年後我會是個什麼模樣。

# 一切

我沒有男人的煩惱，
也沒有女子的羞怯。
你可以粗野地踩踏我的身體，
也可以細心地欣賞我的一切。

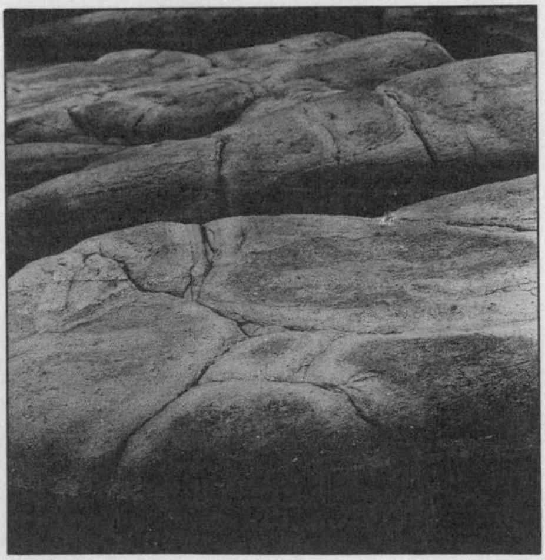

## 起源・變

你相不相信萬物有它的起源？
你知不知道我身上經歷了多少嬗變？
今天你記起我去年的面孔，
可是千年之後你會不會認出我的容貌？

# 影的奇想

你將鏡子當做整飾面容的東西，
我把水面用作生發夢想的園地。
你到底希望看得愈仔細心裡愈著急，
還是寧可在不停的注視裡
產生新奇的影像和突發的意
義？

# 宇宙的身體

那不是人間的皮膚，
那是宇宙的身體。
你用肢軀的小手去接觸，
換來浮淺粗糙的感覺；
你用心靈的眼神去愛撫，
喚起天上悠遠的情意。

# 有窮・無限

在有窮盡的生命的臉上，
皺紋是衰老的象徵；
在無極限的宇宙胴體裡，
它是不斷再生的式樣。
今日你在這裡對著我仰首興嘆，
億萬年後
我也許伴著你遙遠的子子孫孫忘形嬉戲，
在海水雲天的另外一方。

# 燈桿・爬籐

我不是稻草人，
也不是不修邊幅的怪物。
如果不是因爲爬籐沒有骨骼，
我也無需如此沉重負荷。

## 破窗

我已經離開古舊的身體，
也密密地關起疲倦的靈魂；
頑皮的無知啊，
你不要再想無緣無故地打動我的心思。

## 拾級・山頭

聽說很久很久以前，
祖父在這個山頭放牛，
那時四周一片細細的青草和香香的野花。
後來父親日日荷鋤從這裡經過，
到他辛苦工作的田畦。
而今，
一切都變了。
我和弟弟踏著舊日大人舖設的石級，
遊玩嬉戲，
不理會周遭這些莫名的東西。

# 繫纜的雙墩

面對一波又一波的海浪，
我們總是心掛著解纜遠去的船舟。
什麼時候大海才沒有驚濤駭浪，
讓我們可以安心無慮地互相投以關懷的眼神？

# 有刺的葉

你以爲帶著刺的品種一定是些兇猛的東西，
可是你有沒有留意我們快樂相安的團聚。
和平不是懦弱無能的柔情，
武器只是理性萬不得已的點綴。

# 黑影‧樹

如果你的靈感只在我的脚下低飛而過，
你會以爲我是一隻童稚笨拙的走獸。
可是你有沒有想想青草爲什麼與我爲友，
落葉何故安心而不驚懼。
還有那眨眼疲睏的夕陽，
捨不得拉下彩雲的夜幕，
輕灑一網柔情滿地的溫馨。

## 昨日・歷史

記得我們快樂的名字才在這裡公佈，
現在立刻變做歷史的遺跡。
過去的辛勞成了記憶，
今日的感覺最是眞實。
可是如果昨日只是爲了今天，
那麼今天又是爲了何故？

# 牆與影

高牆利用它衆多的眼睛觀察外面的世界；
外面的景物投影在高牆上，
勾劃出它那一對一對的眼神。

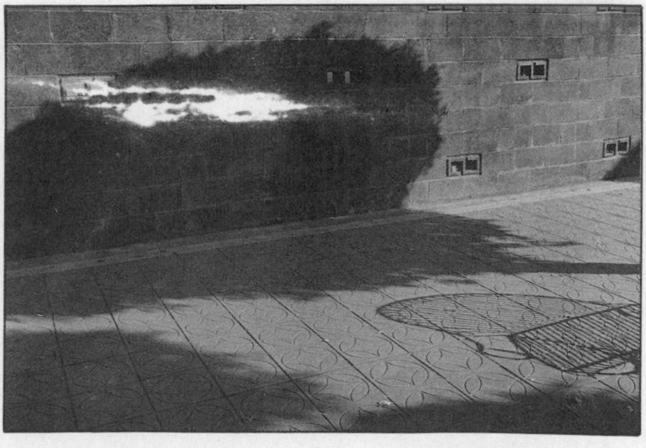

# 傾斜的影子

讓你傾斜我的形象，
但我不改變我的尊嚴；
你可以折疊我的影子，
但你無法扭斷我的枝葉。

## 梯・門口

我無數次在這門口的樓梯上上下下，
每次只爲了生活的忙碌。
有一天一個光影的畫家翩然走訪，
我第一次發現原來平常的生活之中，
也有一幅一幅美麗的剪裁。

# 橋（之一）

人們都把我看做地上的一部分，
只有你擡頭注視我的眞實；
我辛苦負重沒有關係，
但我不是他們心目中想像的東西。

## 橋（之二）

看清我的面貌的人沒有在我身上走過，
從我身上走過的人沒有看清我的面貌。

# 溫室裏外

室裡有無數隻眼睛羨慕地懷想著窗外，
可是室外卻有多少穗明亮的複眼好奇地凝視著窗裡。
不要彼此猜疑，
也無需互相妬嫉。
你可知道，
只要將幾何概念反轉，
再把世俗人情對調，
誰敢懷疑「外」不就是「裡」，
「裡」才眞正是「外」。

# 分割·天地

倘若宇宙能夠分割，
你要選擇哪一塊天地？
你要聽取人間弄潮的笑聲，
還是抒懷寄意在藍天白雲的深處？

## 動物・窗櫥

以往你們的祖先爲了防禦我們的粗野，
築起高牆保護自己。
現在輪到我們想要和你們分開隔離。
你可知道誰才眞正是危害人家快樂生存的大敵？

## 光影的畫

如果你是上帝，
你要怎樣點下畫筆？
你不也要這樣取景，
你不也要如此設調？
眼前讓人反省改造的深沉，
遠處引人遐思幻想的空淡，
還有那供人做夢清想的中途島。
至於是否要畫水塔，
要不要全是天線，
那只是人類歷史演化的偶然。

## 景中·景

我們常常把生活分段割裂，
閉鎖自己。
沒想到片斷之中另起枝節。
人生怎能逃避洞穴，
不同的窗口又打開了不同的世界。

# 水的雕刻

靜靜的長流，
細細的雕刻。
千年萬載之前我們已經默默開始，
現在未來仍然繼續耐心工作。
生命原來沒有止境，
藝術何需急急定形。
你今生無法捕捉的美麗，
等到來世慢慢呈現給你。

# 掩面

我全身掩藏起來，
不是怕見到天日。
我暫時遮蓋，
爲了嶄新的面目。

# 彩旗・樓

平時只有人類在鑼鼓喧天，
喜慶作樂，
我們總是靜靜觀望，
默默等待。
今天誰把我們網上花花綠綠的彩旗，
賜給我們一個歡欣的節日。
可是什麼是我們喜慶的語言，
可以讓我們忘形作樂？

# 奇異・正確

奇異的世界，
正確的眼光；
不管宇宙乾坤怎樣旋轉倒置，
你都知道人類應該站立的姿勢和方向。

# 椅子・姿勢

前面並沒有表演，
大家爲什麼往同一個方向凝視？
只因爲人間有了這些椅子，
你我就不由得擺出這種姿勢？

## 人爲與自然

自然忘記加以從事創造的事物，
人類努力添補發明。
人類製作留下的空白，
自然順手加以描繪投影。

# 曾經是

曾經是年輕的時代，
我不必去爭取，
陽光自然照在我的身上。
曾經是多情的日子，
別人即使背面相向，
另外也有一隻幽祕的眼睛，
偷偷投落到我的心懷。

## 白日·夢境

我在這裡等待了許久，
綠園依然一片空虛。
我閉起眼睛遐思，
他的影子輕輕地在我的心上經過。

## 光和影

這個世界原來只有光和影，
萬物本身全都没有個別的名字。
爲什麼你偏要追問什麼是什麼，
而不反省自己的內心，
看看裡頭蘊藏著什麼而欠缺什麼？

## 樹梢・夢想

從教室的窗口眺望，
高高的枝頭已經綻開一朵一朵心中的願望。
我要繼續努力耕耘，
好讓生命的大樹開出滿天的夢想。

# 昨日的夢

昨日的夢，
辛苦流汗築起。
有人施放一把野火，
一夜把它燒去。

# 溫馨的夢

溫馨的夢，
輕柔地用情擺設。
不堪災難突來，
憔悴委身滿地。

# 甜美的夢

甜美的夢，
細心疊搭編造。
而今支離破碎，
優美的片斷也變成傷痛的無奈。

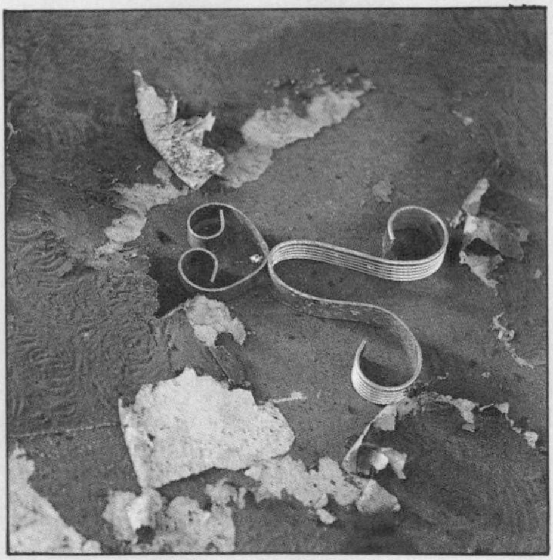

# 希望的夢

希望的夢，
一片一片把它樹立。
一旦野蠻粗暴，
武力強橫，
無論是落下的，
還是留住的，
全都失去了原來的意義。

# 光明的夢

光明的夢，
綺麗璀燦地燃亮。
現在黯然熄滅，
只留下一串黑色的軀體，
剩下一面一面默默相對的啞然追憶。

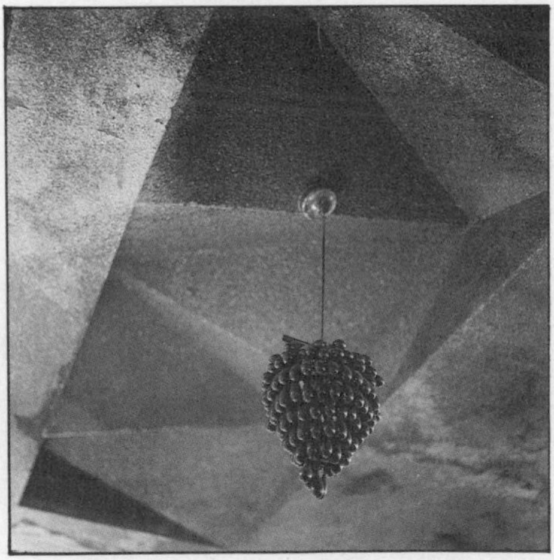

# 青春的夢

青春的夢，
成長得多翠綠，
開放得多歡喜。
而今枯乾地聚集在一起，
深思廻想生命的目的。

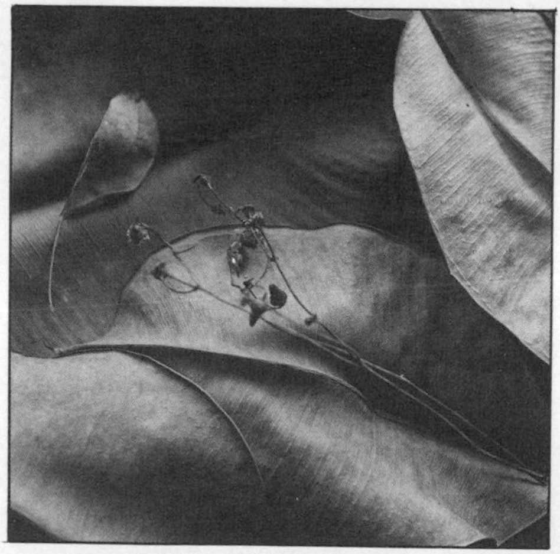

# 窗外

# 樹之根

樹根爲了枝葉的成長，默默與泥土爲伍。他不求盛開的花朵向他所在的低處回顧。

根努力在卑微的泥汚之間吸取養份，但求枝葉不斷朝向清新明朗的高處滋生開展。

根不計較自己的形象，滿身沾汚染垢，只要枝葉青壯光潔，花朵鮮艷明媚。

根低着頭向地下尋覓，好讓枝葉挺起身向天空指望。

根不惜自己蟻蝕蟲蛀，傷創磨損；只要枝葉欣欣

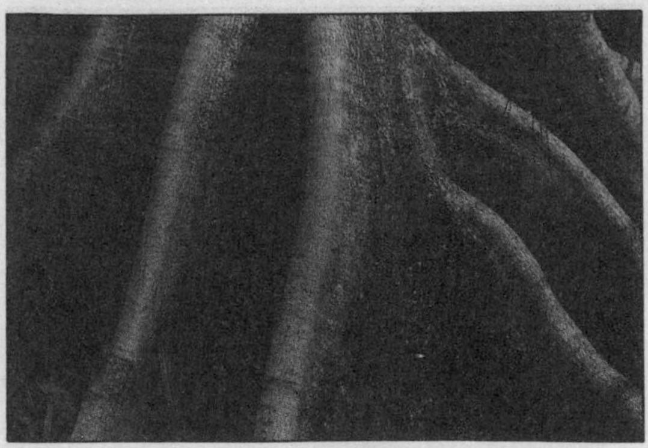

向榮，完整無缺。

盛開的花朵在陽光滿天的春日忘記向根處回看，等到涼風天末秋日蕭索，才飄回根的懷抱，享受高處沒有的溫暖。

野花蔓草在樹根的脚邊生長，他們雖然鄰居親近，但是畢竟不屬同一心腸——他們有他們自己細細小小的根。

情是人生的樹，愛是樹的根。愛是生命的樹，眞情的愛存在低居地上甘心情願的根。

# 歡聚豈知爲別離？

幾十年我們同長在清涼的高山上。綠苔是我們的地毯，雲霞是我們的帷帳。我們軀幹比鄰，我們枝葉交向。我們同飲夜間晶瑩的露水，我們一起呼吸晨早飄飛的輕霧。太陽起身，我們傾聽百鳥此起彼落的戲唱；清風吹來，我們互相拋傳萬葉千聲的心腸。我們快樂地生長在這高山上，數十年不見人煙，忘記了遙遠的地方還有一個人類的世界。

突然有一天，吵雜的機器聲把我們從幻夢中驚醒。不一會，人們除去了我們頭上的葉，解下了我們身上的衣。我們裸露地擁抱在一起，我們未曾如此坦蕩和親密。這是一場狂喜的大歡聚。

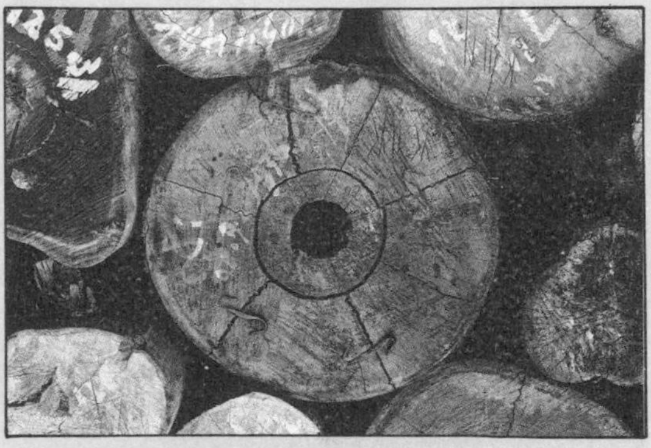

豈知他們接着在我們身上寫下不同的標記。好像要把我們分開販賣到遙遠的地方去。我們無從掙扎，我們也沒有粗俗的語言可以抗議。

今天也許是我們最後一次依偎在一起。要保愛，要珍惜。明天誰知道你我會淪落到哪裏。記住自己身上的號碼，永遠永遠不要忘記。不管將來你我怎樣天涯分離，讓我們在悠揚的萬里長風中，傾聽你輕聲呼喚我，我深深思念你。

## 水珠的遊戲

天下了一陣雨。水珠輕輕快快地跳落在我們的手掌上。來！我傳給你，你拋給我。讓我們玩一陣閃亮晶瑩的遊戲。

啊，小心點兒，不要讓它跌落。你可知道，大地想把它們搶過去。

啊，輕一點兒，你太用力，把水珠打得四碎。我接不住，又掉給了大地！

哈，哈，哈，我們玩得眞起勁，我們玩得好開心……。

咦?! 我怎麼只剩這一顆，你的呢？

啊，原來雨停了，太陽又出來了。他想要把所有的水珠通通收回去。

不要，不要，太陽太貪心。你趕緊遮住這一顆，不要給他再看見……。

沒關係。媽媽不是曾說過，水珠打從天上來，它們又到地面去。太陽爲了我們忙碌又辛苦，他把地面的，又交給了天上。這樣過幾天，我們又有一場快樂的遊戲。

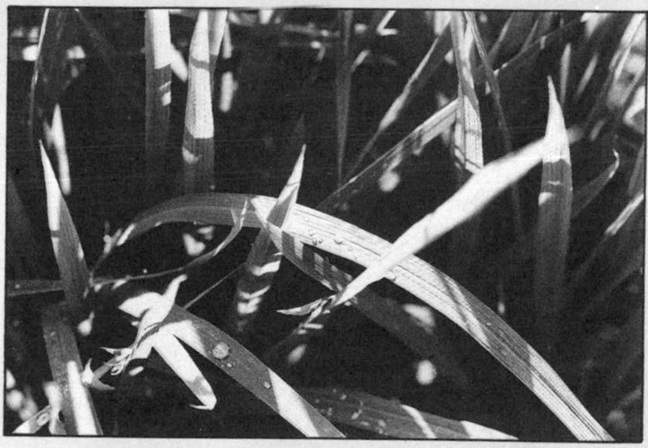

# 奇想

眞的事物，假的奇想；我不必欺騙，是你心裡多疑。

爲什麼要是鳥，才有我的姿勢；你難道看見哪一隻，有過我的羽毛？

不是我有意裝假，是你自己想像豐富。你以爲我會展翼飛去，難道你看得出我的翅膀生長在哪裡？

你想説服自己，我是天上派來的神雀，一絲不動地駐守在這裡。可是當你聽到從我的肚子傳出一大串村童的笑聲，那時你要怎樣安慰自己？

讓你努力奇想，我仍舊面目一樣。你想得愈多，我愈是眞實的事物；可是我變得愈少，你愈掉入無窮的心思。忽然，我已經不再是一堆稻草，只是你心中沒有一個適當的名字。

## 歷史的輕痕

你、我、他。
昨日、今日、明日。
海風、浪花；輕雨、飛霧。
烈陽、寒夜；酷夏、嚴冬。
潮漲汐蝕；日出日又落，月圓月再缺。
時間的柔細，歷史的輕撫。
原來的軀體，今日的模樣，明天的變形。
看似凝固，其實永遠不斷在生生滅滅。
只有歷史那古老的眼睛，認得出你是你，我是我。

我們已經在漫長的歲月裏沉思冥想過，現在無需再多傲言和豪語。但是我們沒有沉睡，也沒有死去。我們靜靜看望年輕的小子，戲遊在大風撩起的新潮淺流中。他們顯示自己的軀體，吸收天上的目光；他們胸掛明亮的大項鍊，招引人間的眼色。

他們還有長長的日子：原來的軀體，今日的模樣，明天的變形。

像我們的昨日，像我們的今日，像我們的明日。

像你，像我，像他。

# 夢的黑洞

公園的庭院，樹葉隨着淡淡的輕風悄悄飄落。清道夫掃了又掃，仍然拂不去那隻大大的籮筐的一臉的無奈。

葉子本來不屬於籮筐，它們生長在樹上；它們也不屬於枝椏，它們屬於高高的天上。

發芽爲了成長，成長爲了青壯！難道青壯爲了凋謝？凋謝爲了飄零?!

如果大地没有深奧的訊息，爲什麼偏要青青的芽，綠綠的葉，黃黃的飄飛，褪色變形的幽怨？

人生的座椅上，無數的希望隨着軀體的隱約變幻悄然飄逝。無情的歲月把停不久的願望和留不住的幻想掃了一大把，強塞到不再意識的睡夢中的黑洞，剩下滿地的無奈和幽怨。

生命中的希望本來不屬於我們的軀體，它也不是我們睡眠中的夢幻。如果上天沒有莊嚴美麗的訊息，我們何必出生？我們何必成長？我們何必衰老？我們何必死亡？

# 不要問我是什麼

不要問我是什麼，我不知來歷，也沒有名字。疾風把我吹來，牆邊把我留住。我不是爲天上傳報佳音，我只是在街頭流浪的過客。

世上有誰情願離開溫暖的家，但我卻整天在野地裏被人踼着走。我磨損了軀體，我憔悴了面容。

可是大地告訴我痛苦中也要堅強，夕陽更幫助我投下原來我自己也不知道的性格。

現在調皮的頑童不敢再欺負我，他們盛傳我會在夜裏變成張牙舞爪的兇惡的大昆蟲。大人從我身邊走過，但是他們無心正視我。他們只是欣賞斜陽賜給我的奇異的投影。

我只是沒有名字，難道我就沒有自我？我只是不知來歷，難道我就沒有心情？

傍晚當大人和小孩全都回到千家萬户的燈火裏，我獨自對空仰望高高的樹梢，默默期待。希望有一片潔白的花葉飄落到我的心上。

# 古老的軀體

古老的軀體，現代的形象。時間悠閒地細細雕琢，日月的光芒或明或隱地認眞刻劃。清風的柔語在臉上洗滌吹拂，海濤深沉的呼嘯在胸懷中交響迴盪。潮水在脚下高漲低轉，倒影明淨清澈，轉眼又在如夢似煙裡消失昇華。這是存在的原形，這是眞樸的模樣。

遊客的行跡沒有打動它的沉靜，年輕男女的倩影也沒有在它臉上驚起多一絲的表情。漁夫的好奇，詩人的歌頌，畫家的描寫，歌者的讚揚……。

突然，一個懷著生命的夢想的少女，打開相機感光的心懷，參與一番既是古老又是現代的冥想。

## 一場生命的戲

風浪把我們帶來，岩石成了我們短暫的家鄉。時間雖然無情，至少我們有了瞬息的生命。

不要向大海發問：爲什麼要生下我們？我們已經被投落到這個光彩煥發的地方。

不要辜負太陽，它令我們的軀體光潔明亮；不要迴避萬象，它們要在我們一顆一顆的眼睛裡輝映盪漾。

一滴生命含有一個世界，一瞬流光生起一份心懷。讓我們一起團舞，讓我們一塊兒歌唱；我們要把握生命的今世，努力編織美妙的圖案。

雖然只有瞬息，但卻不失美麗；只要那是眞實，它也就是永恆。

把握時光，大浪就快再來，我們又要回歸生命原有的蒼茫。還有無數繼起的生命就要接踵而來。可是轉眼之間，他們又成了過去的心情和未來的情懷的橋樑。

## 我有我的世界

同一個宇宙，多少樣的心靈世界；同一瞬時間，千萬種的激盪情懷。

一樣的白雲，你我看來多麼不同；同樣的海浪，你我聽來何等異樣？

我們全都站在不分彼此的大地，你我一起生活在沒有偏私的時間。可是你有上下古今的夢想，我有白雲碧海外的情牽。

你我挨得這麼近，可是我們相隔多麼遠；我心上的人遠在雲外的天邊，然而他貼靠著我多麼近。

同樣的宇宙，一樣的時間；萬千個世界，多少樣的心靈？

# 畫家的樹

請不要笑我不是眞正的樹。你從泥土裡出來，我生在畫板上。上帝是你的「畫家」，畫家是我的「上帝」。只是你的畫家賦給你時間和季節，我的上帝把瞬息當作永恆。

我知道我長得並不像你。你會凋殘，我不會落葉；你會枯老，我沒有死亡；你吸收大地的水分，我攝取人間的眼光；大人注意你，小孩喜歡我；只是你能分辨四季，在自己的內心清晰刻劃著年齡，可是我既沒有向光的頭腦，也找不到生日的記憶。

你知道嗎？畫家說我無需處處向你看齊。他要畫的並不是你。他要畫的是美麗的樹，他要畫的是純粹的樹，他要畫的是眞正的樹。他說你只是泥土上的樹，他有他心中的樹！

泥土上的樹，你爲什麼老是這樣沉默不答，木訥無語？啊，我知道了！你不喜歡我嘮叨多嘴，喃喃自語。我知道了！你在暗地裡笑我天眞無知，輕狂自大。你是不是要問我：畫家哪來心中的樹，如果他沒有看過你？

# 窗外

年輕的日子，學生的時代，大家排坐教室裡，我的心神飛馳窗外。

教室的窗外有條走廊，走廊的牆邊還有一個窗外。我們年輕的靈感正在奔騰，千層枷鎖也繫綁不住，何況只是兩道開著窗的牆壁。

窗內太多的條理井然，窗外充滿不可預知的希望。窗裡雖有興高采烈的笑影，窗外卻有無聲無言的呼喚。即使窗外有風有雨，但是更有一份籠罩著萬物的幽迷和神祕。有誰甘心安靜地留在窗裡？誰不熱情地奔向窗外？

而今不再是學生的日子，我忙碌地走在學校的門外。不見舊日的窗，心神卻悄悄地飄盪在往日的窗裡和窗外。

朋友已經分散，何處是舊時的希望？以往的暗晦，今日的清澈；一時的夢想，千古的情懷；昨日的錯，今日的愛。

世事滄桑，人生短暫；景物依舊，青春不再。可是，如果我再一次坐回昔日的座椅，我的心神是否也一樣要飄出窗外？

# 過去的迷惘——寫贈

春天來時，青嫩的荷苗擁有整個池塘的清水，明媚的春神賜給它們滿天和暖的陽光。它們無需著意努力，就能成長，就能翠綠，就能婆娑婀娜，就能亭亭玉立……。可是，等到夏日成熟，菡萏飄香，有的開出了清姿秀麗的花朵，有的卻在含苞失調裡夭折。生命總是這樣：過去的全都成了過去。不能夠重複，也不可以代換。

人生的春天來臨的時候，生命到處充滿著光彩煥發的表象。自然賜與成長青壯的動力，人間投以羨慕鼓舞的眼光。美夢追逐著青春而萌芽，愛情不可抗拒地到處奔流開放。青春的體態自然豐滿，青春的微笑特別芳香，青春的活力無邊無際，青春的幻想不斷不

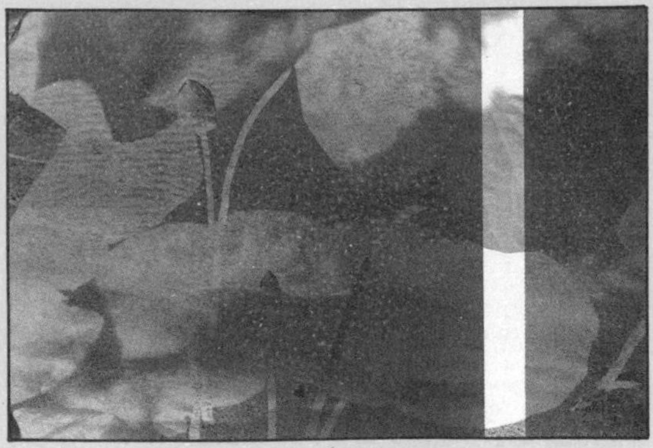

息。可是，等到人生成熟的夏日，有的人尋找到生命的眞諦，有的人喪失了人生的意義；有的人在志氣上奮發激昂，有的人在感情上跌倒受傷。生命總是這樣：過去的全都成了過去。失足成恨，歎息已晚。

青春的經歷如夢如煙，痛苦的過去特別難忘。可是生命如果沒有以往，將來怎樣開創？人生若要脫離過去的痛苦，莫非只有智慧地迴身轉向。情有過去，愛有將來。當人生擺脫了過去的迷惘，生命又重現出將來的希望。

生命就是這樣：過去的全都成了過去。情有痛苦，愛有希望。只要不再讓它失足成恨，只要不再令它歎息已晚。

# 盼

我們本來情同手足，愛如兄弟。每天你一步我一步地伴着主人走在生命的道路上。我們走過熱鬧的街頭，我們走過偏僻的小徑；我們走過平坦的大道，我們走過崎嶇的荆途。我們走過山野，走過村莊；我們走過都市，走過荒原。我們走在人生光明的坦途，我們走在生命黑暗的困境。我們努力地走，我們雀躍地走，我們疲乏地走，我們受傷地走。

有一天，我們又跟著主人在炎熱的烈陽下，走到灼曬如煎的沙灘。主人像從前一樣留下我們，推起小舟，帶著魚具，奔向漫天白雲、到眼駭浪的海洋。他辛苦地揮著槳，流汗地駕著船，全力划向遠處捕魚垂釣的地方。我們目送他逐漸遠去，掩藏消失在水際天邊的地平線上。

我們比肩注視着海洋等待他。我們望着變幻的天空等着，望着洶湧的白雲等着；我們望着澎湃的浪花等着，望着嬉戲的海鷗等着。

可是這次我們等了好久好久。主人從來没有出海這麼久，從來没有這麼遲還不回到我們身邊。我們愈等愈着急，我們愈等愈焦慮。我們望穿海水，看不見他的歸舟。天色慢慢昏暗，飛鳥早已疲倦地返回陸地。風聲愈來愈凄厲，月牙兒的光芒照得大海飄浮出一堆一堆慘澹搖晃的魔影。不久，狂風突起，驟雨大作，水漲潮高，巨浪飛撲。我們一面担心主人的遭遇，一面無助地和自己的命運搏鬥。一波一波的海浪將我們沖走又拋回，一陣一陣的風雨把我們分離打散又趕成一堆。我們在無邊無際的苦難裏，任由命運擺佈，隨浪飄泊，因風流浪。我們失去了天地的位置，也迷亂了人間的方向。

不知過了多久，風雨終於停止，大海又歸於平靜。我又停落在寂寞無人的沙灘上。可是我的身邊已經不見了情同手足愛如兄弟的友伴。他去了哪裏？他是不是趁着巨潮大浪，乘風飄向大海的遠處去尋找我們心愛的主人呢？

現在我自己每天孤單地向着茫茫的海洋眺望。我盼望，盼望着終有一天我的主人帶着我的同伴，一起騰雲乘風歸來。

# 倒影中的倒影

## 寫在《生命的倒影》之後

一幅圖象含有無邊無際的內涵。一篇描摹圖象的文字不管多簡略或者多詳盡，只不過是一份心境對它的投影。

影子的形狀、大小和深淺隨着光源和物體各自的品質與彼此的相對關係而改變，圖片中的影像是情思的光線照射的物體；觀賞者的心靈是那照射影像的光源。

不同的心靈是不同的光源：不同的品質，不同的性格，不同的角度，不同的強弱，不同的距離……。

你和我，不同的光源，不同的心靈，不同的意念，不同的想像，不同的經歷，不同的感懷。我所寫的只是一片自我心境的投影。

如果這本專集所收的圖象是些生命的倒影，那麼這些文字的投影莫非成了倒影池塘當中的倒影。

一九八九年春日於香港

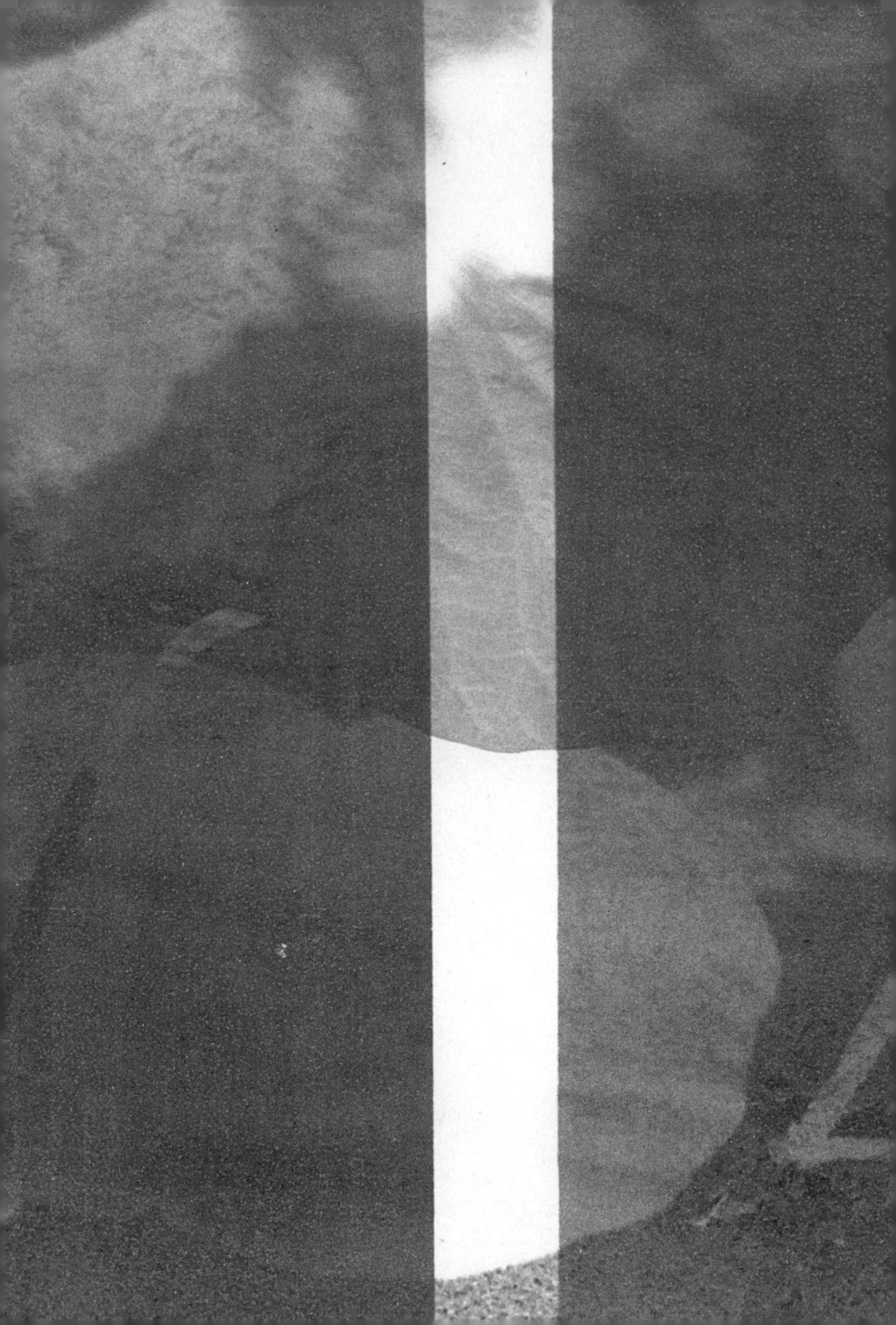

記憶裏有一個小窗／何秀煌著；侯淑姿攝影－－初版－－
臺北市：東大出版：三民總經銷，民78
〔10〕，149面：圖；21公分
新詩集
ISBN 957-19-0027-3（平裝）
ISBN 957-19-0026-5（精裝）

Ⅰ、何秀煌著 Ⅱ、侯淑姿攝影
851.486/8783



著　者：何秀煌
發行人：劉仲文
攝影者：侯淑姿
版面構成：程雅蕙
出版者：東大圖書股份有限公司
總經銷：三民書局股份有限公司
印刷所：東大圖書股份有限公司
地　址：臺北市重慶南路一段六十一號二樓
郵　撥：〇一〇七一七五一〇號
初　版：中華民國七十八年八月
編　號　E 83196①
基本定價　肆元陸角叁分
行政院新聞局登記證局版臺業字第〇一九七號



記憶裏有一個小窗
編號 E 83196①
東大圖書公司

ISBN 957-19-0026-5